ぽろんぽろん

まど・みちお

クレヨンハウス

ぽろんぽろん　もくじ

- ぽろんぽろんの　はる············5
- ラッパのこびと················9
- みみずの　みみ················13
- 大きいんだよ··················17
- あんぽんたんと　とんちんかんと····21
- マロンとメロン················25

おめでとう	29
はじめて みかけたときにね	33
どびんと きゅうす	37
さいたカキノミ	41
もぐら	45
くさのめちゃん	51

口絵写真＝2009年5月8日撮影

ぽろんぽろんの　はる

めだかの あくび
かえるの あくび
あくびの あぶくが
ぽろん ぽろん ぽろんと
はるの そらへ のぼる

つくしの あくび
すみれの あくび
みえない あぶくが
ぽろん ぽろん ぽろんと
はるの そらへ のぼる

こうしの あくび
こやぎの あくび
ねむたい あぶくが
ぽろん ぽろん ぽろんと
はるの そらへ のぼる

ちいさい あぶく
おおきい あぶく
いっぱい あぶくが
ぽろん ぽろん ぽろんと
はるの そらで あそぶ

ラッパのこびと

ラッパの なかに
こびとは
なんにん なんにん すんでいるの
ぺぺと ププと
パパと ピピと
ポポの ごにん
ぐるぐる まいた
くだの おくで
かたまって ねてる

ラッパを　ふくと
こびとは
なんにん　なんにん　とんででるの
ぺぺと　プブと
パパと　ピピと
ポポの　ごにん
そらまで　いって
きんの　つきを
たたいて　あそぶ

みみずの みみ

みみずの　みみを
みてみたか
みみずの　みみは
みてみない
ねずみの　みみなら
みてみたよ

すももも ももも
もらったか
すももも ももも
もらわない
やまももだったら
もらったよ

大きいんだよ

「大きいんだよ　でかいんだ」
「ほーう　そうかい　でかいんか」
「でかいんだとも　大きいんさ」
「ふーん　そんなに　大きいんか」
「大きいのって、ほら　こうだ」
「へーえ　でかいな　ほんとうかい」

「ううん　もっとさ　こんなにさ」
「おっどろいたね　そんなにか」
「なーに　まだだよ　こうなのさ」
「そんなに　でかくて　そりゃ　なにさ」
「なにだか　しるかい　でかいんさ」

あんぽんたんと　とんちんかんと

あんぽんたんは　でぶちんで
とんちんかんは　やせっぽっち
あんぽんたんは　のんびりやで
とんちんかんは　せっかちや
あんぽんたんは　あつがりやで
とんちんかんは　さむがりや

なのに ふしぎふしぎ ふたりは
せかい一ばんの なかよし
なんのなんの あったりまえ ふたりは
せかい一ばんの ちんぷんかんぷん

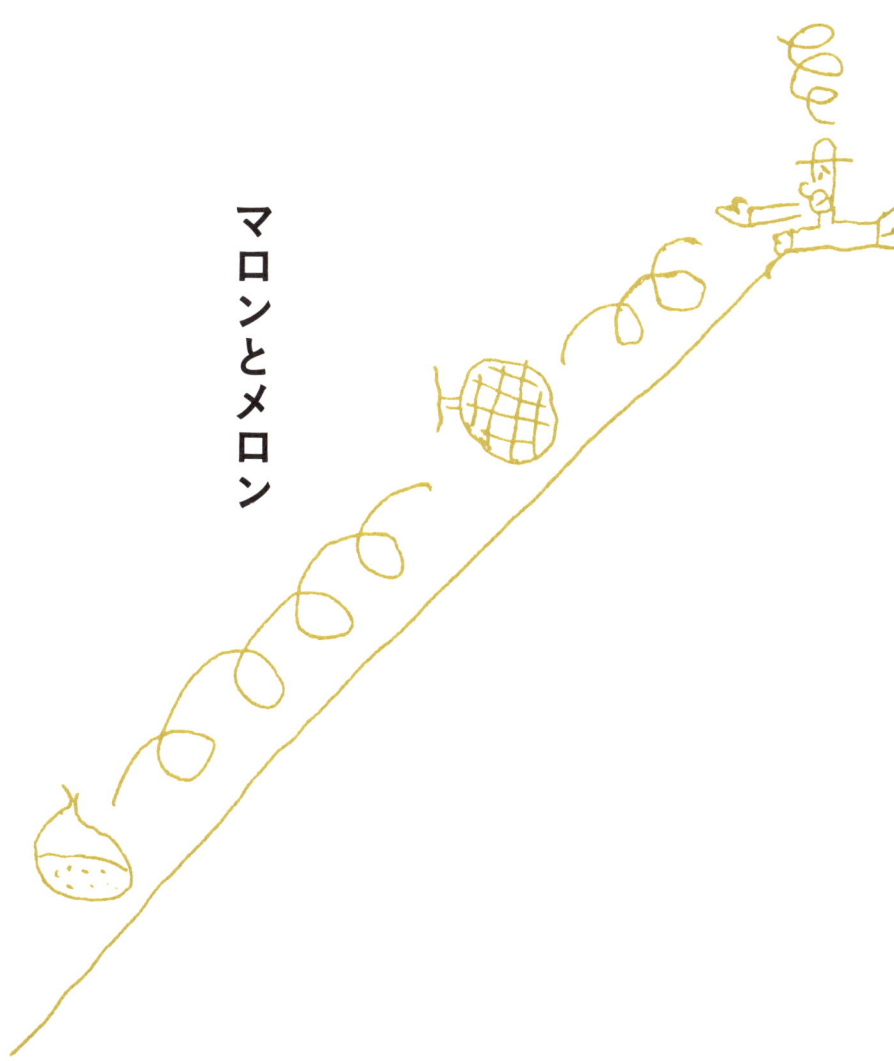

マロンとメロン

マロンは　マロン
メロンは　メロン
で　マロンと　メロンで
マロン　メロン　むろん
むろん　マロン　メロン
マロンは　ころん
メロンは　ごろん
で　マロンと　メロンで

ころん　ごろん　けろん
けろん　ころん　ごろん
で　マロンも　メロンも
むろん　すき
むろん　もちろん
まろまろ　すき
めろめろ　すき

おめでとう

おなじみさんが　うまれました
プー　て
おめでとう　おめでとう
おならさんの　たんじょうび

おめずらしいさんが　うまれました
クイッ　クイッ　て
おめでとう　おめでとう
しゃっくりさんの　たんじょうび

しらぬまにさんが　うまれました
ヤキイモスキー　て
おめでとう　おめでとう
ひとりごとさんの　たんじょうび
むねいっぱいさんが　うまれました
ポツン　て
おめでとう　おめでとう
なみださんの　たんじょうび

うまれないさんが　うまれました
シーン　て
おめでとう　おめでとう
だまりんぼさんの　たんじょうび

はじめて　みかけたときにね

てんから やってきたのかな
へんちくりんな ペンギンだな
とおもって みた みた
ペンギンが みた
にんげんを みた
はじめて みかけたときにね
　ぺんにん げんにん
　げんにん ぺんにん
　ぎんぎん ぎんぎん ぺ

さすがは　なんきょくだけあるな
なんきょくりんな　とりくんだな
とおもって　みた　みた
にんげんが　みた
ペンギンを　みた
はじめて　みかけたときにね
　ぺんにん　げんにん
　げんにん　ぺんにん
　ぎんぎん　ぎんぎん　ぺ

どびんと　きゅうす

どびんは どんぴしゃ にいさんだ
どっしりと おちついている
きゅうに みえた
わんさの おきゃくさまにも
あわてはしない
てぎわよく つぎつぎに
おちゃを さしていく

きゅうすは いもうと
キュートな おちゃめ
はなれに ひっそりと いる
じいちゃんに
いそいそくすくす ばあーって
おちゃを いれに いく
ようかん ひときれ
おともに つれて

さいたカキノミ

くもひとつない　こはるびの
のどかな　そらに
ことしも　カキノキたちが
きそって　さかせた
カキノミが
あっちにも　こっちにも
きんぴかぴかの　ぴかぴかぴかだ

このうつくしい　そらに
あのはるの　花にもならない
花だけでは　あんまり
ごぶれいですので と
せめて　さかさせてくださいと
どこも　かしこも
きんぴかぴかの　ぴかぴかぴかだ

もぐら

もぐらは　もろもろの　もののうち
もっとも　もぐらな　ものだから
もったいぶっては　もぐるのか

もはんの　モデルで　もぐるのか
もうしぶんなく　もぐらだから
もぐらは　もぐらで　もうそれだけで

もぐらは　もぐるので　もぐらだから
もうからなくても　もうかっても
もんくも　もうさず　もぐるのか

もぐらは　もちろん　もぐらだから
もぐりたいだけ　もぐれるのが
もっけの　もうけで　もぐるのか

もぐらは　もともと　もぐらだから
もぐらなくては　もったいなくて
もうろくするまで　もぐるのか

もぐらは　もっぱら　もぐらだから
もぐらで　もぐらを　もたせようと
ものものしくも　もぐるのか

もぐらは　もうれつ　もぐらだから
もぐるはしから　もう　もどかしく
もっと　もっと　もぐるのか

もぐらは　もぐるのが　モットーだから
もぐらなくては　もうしわけなくて
もくもく　もとめて　もぐるのか

もぐらは　もっか　もぐらだから
もぐらなくても　もぐらなのに
もしもと　おもって　もぐるのか

もぐらは　もうはや　もろともに
ももんがではなく　もぐらだから
もちつ　もたれつ　もぐるのか

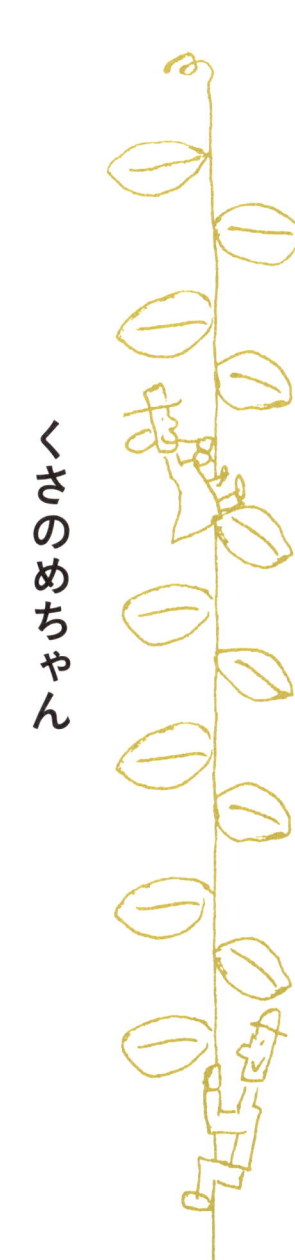

くさのめちゃん

くさのめちゃんが　くさめした
のではないない　めをだした
のびてくのびてく　てくてく
そらのだんだん　のぼってく　てくてく
くさのおとなを　めざして
きのおとなは　めざさないで
こころはるばる　てんへてんへと
ちからのかぎり　すくすく　すくすく

くさのめちゃんが　くさめした
のではないない　めをだした
のびてく　のびてく　てくてく
そらのだんだん　のぼってく
くさのおとなを　めざして
えんとつなんかは　めざさないで
はなのさくひへ　みのなるひへ
むねふくらませて　すくすく　すくすく

出典
ぽろんぽろんの　はる＝１９６６年発表　『まど・みちお全詩集』（理論社／刊）所収
ラッパのこびと＝１９６４年発表　『まど・みちお全詩集』（理論社／刊）所収
みみずの　みみ＝１９６６年発表　『まど・みちお全詩集』（理論社／刊）所収
大きいんだよ＝１９３８年発表　『まど・みちお全詩集』（理論社／刊）所収
あんぽんたんと　とんちんかんと＝２００１年発表　『うめぼしリモコン』（理論社／刊）所収
マロンとメロン＝１９９４年発表　『それから…』（童話屋／刊）所収
おめでとう＝１９９４年発表　『それから…』（童話屋／刊）所収
はじめて　みかけたときにね＝１９４４年発表　『まど・みちお全詩集』（理論社／刊）所収
どびんと　きゅうす＝１９８８年発表　『ぞうのミミカキ』（理論社／刊）所収
さいたカキノミ＝２００１年発表　『うめぼしリモコン』（理論社／刊）所収
もぐら＝１９７５年発表　『まど・みちお全詩集』（理論社／刊）所収
くさのめちゃん＝２００１年発表　『うめぼしリモコン』（理論社／刊）所収

まど・みちお

詩人。本名・石田道雄。1909年11月16日、山口県に生まれる。
25歳ごろから創作をはじめ、北原白秋に詩・童謡を学ぶ。
戦後約10年間幼児雑誌の編集に携わったあと、詩作に専念。
代表作に「ぞうさん」「おさるがふねをかきました」
「やぎさん ゆうびん」「一ねんせいになったら」など多数。
詩集に『てんぷらぴりぴり』(大日本図書)、
『しゃっくりうた』『まど・みちお全詩集』『うふふ詩集』
『ぞうのミミカキ』(理論社)『ぼくがここに』(童話屋)など多数。
1994年日本人初の「国際アンデルセン賞作家賞」を受賞。

クニ河内

作曲・編曲家、歌手。デビュー以来、数々のヒット曲で大人気を得、
1972年日本歌謡祭では作曲家グランプリを受賞。
子どもたちの歌づくりに取り組み、NHK教育テレビ等に出演。
「ピカピカの一年生」などCMも多数。まどさんの詩に
曲をつけてうたったCD『クニさんのまど まどさんのクニ』
(ソングレコード)や『ぼくのうたを』(有限会社クニ)ほか多数。
またクレヨンハウスの「絵本ソングブック」CDシリーズ
(新沢としひこ・作詞 中川ひろたか・作曲)では編曲・音楽監督。
現在は北海道帯広市在住、自分の音楽スタジオ・レラをベースにした
音楽活動のほか「ハプニングス・フォー」のバンド活動を展開。

CDブック詩集❶ ぽろんぽろん

2009年11月16日 初版発行

詩=まど・みちお
音楽=クニ河内
写真=伊藤英治
イラストレーション=ワタナベケンイチ
ブックデザイン=杉坂和俊＋八木孝枝（eboshi line）

発行人=落合恵子

発行=クレヨンハウス総合文化研究所
〒150-0001 東京都渋谷区神宮前5-3-21-2F

発売=株式会社クレヨンハウス
〒107-8630 東京都港区北青山3-8-15
電話 03-3406-6372
ファックス 03-5485-7502
e-mail　shuppan@crayonhouse.co.jp
URL　http://www.crayonhouse.co.jp

印刷=中央精版印刷株式会社

©2009 MADO Michio, KUNI Kawachi
掲載の詩・楽曲は2002年4月から「月刊クーヨン」（クレヨンハウス）に一年間連載されました。ISBN 978-4-86101-156-6　NDC911　188×140mm/56p
乱丁・落丁本は、送料小社負担にてお取替えします。価格はカバーに表示してあります。